さくらんぼ

澤田美那子 句集

青磁社

赤ん坊の泳ぎ出したる初湯かな

櫂

さくらんぼ＊目次

序句　1

日和山　7
鉾の道　37
送り火　69
菊日和　91
埋火　121
福笹　141
蜆川　155
亀鳴く　169
花の杖　193

あとがき　207

季語索引　208
初句索引　218

句集

さくらんぼ

日和山

さくらんぼ洗ひて光新しく

母の日や大福餅のやうに母

ゆつくりのひと雫待つ新茶かな

新緑やここにいのちの日和山

石巻

南部風鈴氷の音のひびきけり

初鰹銀の光を包丁す

明日死ぬも百年生くるも初鰹

鯉の口に呑まれぬやうに目高の子

日輪にまだ耐へられぬ鹿の子かな

花よりも若葉はなやか馬酔木かな

ぎっしりと穴子しきつめ穴子丼

驚いて棒となりけり青大将

葉を枯らしつつ玉葱の太りゆく

大垣や川の濁りも早苗月

この辺り三成びいき冷し瓜

風鈴や誰か訪ねてきたやうな

はるかなる雨の匂ひや冷し酒

手も足も姉より長し更衣

妹病む

夏掛を押へて骨にさはりけり

眠るため花びらたたみ未草

何鳥か縦横無尽木下闇

軒にも風姿ありけり夏の月

神牛の機嫌うるはし御田祭

玉苗を投げて早乙女次の田へ

苦しさに田水を舐むる田搔牛

住吉の松の木漏れ日田植唄

月明の早苗田を見に行きしまま

樗堂が庚申庵松山にあり

涼しさは市中に結ぶ庵かな

鉾の道

寒山が酢を舐めてゐる暑さかな

考へてゐしがそのまま昼寝かな

鉾の人浴衣短く頼もしく

大丸で涼んでは又宵山へ

祇園会の人を吐き出す電車かな

君の家奥まで屏風祭かな

屏風祭閑の一字の軸を前

けふかぎり今年かぎりと祇園会へ

綱一本ゆるりと鉾は建ちあがる

長刀鉾見えそめしよりはるけしや

月鉾に登ればはるか西東

鉾通るまこと金剛大車輪

京暑し大阪暑し姦しく

夏雲のやうなタオルに身を包む

泳ぐにも倦きて飛魚飛びにけん

くすぐつて起こしてみたし茗荷の子

箱庭の中の二人よいつまでも

風の道眼鏡かけたるまま昼寝

鼻先の眼鏡あやふき昼寝かな

落し文みづみづしくてあはれなり

風蘭の蕾数へてから夕餉

瓜もんで独酌の味おぼえけり

厳島

廻廊の下を涼しく魚走る

目を開けてなにも見てゐず金魚玉

八坂さん路地を入れば水羊羹

三伏や秋を売りゐる百貨店

菩提樹の大きな木陰お風入

倶利伽羅の谷を覗けば朴の花

滴りのひとつふたつと島生る

送り火

秋黒き東寺の塔や京に入る

炒り豆のごとく秋暑の京をゆく

はよ撞けと待ちてをるらん迎鐘

車椅子誰を迎へに迎鐘

大文字はるかに火入れ待つ心

あかあかとかくも全し大文字

この空に大文字のほか無かりけり

真如堂　殺生石

叩かれて地蔵となりぬ露の石

蜆飯炊き上がる間を湖の秋

花火台浮かべて今朝は湖静か

朝顔の今朝は何色雨戸繰る

大阪のあくに馴染まず西鶴忌

草紅葉ちんぐるまよりはじまりぬ

籠に摘んで花のごとしや鷹の爪

木洩れ日を流してゐるや秋の水

芋虫の憤怒の心伸び縮み

八朔や翁をしのぶ茄子小茄子

青々の秋刀魚一本鮨にせん

長き夜の書かねばならぬ手紙あり

菊日和

見てゆけと通りすがりの坊の萩

名月や水甕にして米どころ

月の膳名もありがたき弘法芋

ハワイよりとび入り月の句座今宵

爽やかに老いんとはゆめ思ふまじ

コスモスの畑となりぬ田一枚

焦げ色のにじむ奉書の鱸かな

緑の葡萄笛吹川より届きけり

干蛸は烏賊より愉快秋の風

夫あらば障子を隔て秋の夜

秋高し用もなけれど出て歩く

隣にも孫来たるらし菊日和

マンションの窓にも懸けよ柿すだれ

正倉院御物曝涼椰子の実も

見送りて独りの門の夜寒かな

毬割って勝気な栗の子が三つ

よろこびの菊の莟をけふの菓子

さびしさに水面破つて秋の鯉

芋粥や防空壕の子でありし

大家族たりし日のこと茸飯

東寺

冷まじや仏像のまま炭となる

道すがらのぞく花屋の秋深し

桐の実の散らばるテニスコートかな

秋深く吉野の花を思ふかな

岩根寿美、徹夫妻、相次ぎ逝去

飛火野を吹く秋風となられけん

枯蟷螂しばしこの世の日溜に

蜜柑剝くごとりと列車動き出づ

埋火

葛菓子は花のかたちや山眠る

寄鍋や紀州こんなに寒いとは

如何せん大根一本俎に

鋤焼や乏しき時もそれなりに

新海苔や炙ればそこら荒磯の香

木枯はビルの八衢さまよへる

手の形のまま手袋の忘れあり

亥の子餅亥の子十頭寝てござる

ありあはすものをいろいろ蕪蒸

煮凝や早々と消す厨の灯

雨いつか霰となりし傘の音

埋火もいつしか灰に灰の中

川はいま冬の閑けさ鮎の菓子

美しく枯れし藜は誰が杖に

セーターが兎のように跳ねていく

蓮池のかすかな音も枯れつくす

膝掛や椅子にそのまま幾年月

十七字一字決めかね去年今年

福笹

雪うさぎ朝の光を縦横に

したためて十人の名や祝箸

昨日あひ今日あらたまの賀状かな

淀川の水きらきらと初句会

地球から飛び出さんと喧嘩独楽

まつしろなすずなすずしろ湯気の中

巫女の鈴残りの福に惜しみなく

山と積む笹福笹となりゆくも

人ならば壮年の色寒の鰤

春待つや花見小路は五色豆

一棹の羊羹重き春着かな

蜆川

受けとりて花の軽さのショールかな

椿の葉一枚ごとの春の雪

淡雪や名のみ残れる蜆川

春の雲かきまはしつつ龍誕生

蕗の薹松ぼつくりを押し上げん

若狭路は鹿や猪子や垣手入れ

日もすがら夫婦二人の蜆舟

花びらや今日獲れしもの今日の膳

旅立ちや君が選びし春帽子

ものの芽がものの蕾となるところ

雛あられ桃の莟も打ちまじり

雛二つ冷たき水を滑りゆく

亀鳴く

とぶやうに古希そして喜寿梅真白

草の芽のひとつひとつに名を問はな

己が子の如く抱きて鶏合

すかんぽでぽんと叩いて一目散

出たくなき会一つあり春の風邪

万年も生くるはいやと亀の鳴く

生まれきて仔猫の耳は花びらか

山独活のうす紫をすいと剝く

透明な水を掬へば白魚かな

うららかや騙されてゐる太郎冠者

きのふ来し目白に似たり鶯餅

桜菓子花の木型をこぼれけり

蜷の道ふいに途切れてしまひけり

みちのくの春田かすめて着陸す

あすのため衣桁にゆるる花衣

噂やこの家を留守と思ふらし

豆の花時計に音のありしころ

春キャベツがばりがばりとはがしける

伊勢詣杉の花粉のただ中へ

風祀る森の木洩れ日鳥の恋

木曾川をお堀としたり城の春

丈草が捨てし故郷花の塵

花の杖

花曇青光りして大蚯蚓

鉄瓶の音からからと花冷ゆる

吉野

吉水院後ろは花の奈落かな

どこまでも行けるつもりの花の杖

南朝の荒御魂とや花吹雪

花照るや吉野の紙を並べ干す

見上げて花見下ろして花吉野建

たまゆらの湯をつかふ音花の宿

道に売るぜんまいもやや闌けにけり

のびてひとすぢ雲の彼方へ花の尾根

どの山に忘れて来しか花の杖

あとがき

『さくらんぼ』は私の初めての句集です。

古志に入会して十三年、長谷川前主宰・大谷主宰のご指導のもと作りました句を中心にまとめました。

句集を編むにあたっては長谷川櫂先生に選をいただき、句集名と身に余る序句を賜りました。深く感謝いたしますとともに、これからも序句にお示しいただいたように瑞々しい句作をめざして精進していきたいと思っております。

出版の労をお取りいただきました永田淳様、装幀の上野かおる様には心より御礼申し上げます。

二〇一八年三月

澤田　美那子

季語索引

あ行

秋【あき】（秋）
秋黒き東寺の塔や京に入る　七一
さびしさに水面破つて秋の鯉　一一〇
蜆飯炊き上がる間を湖の秋　七九
秋風【あきかぜ】（秋）
飛火野を吹く秋風となられけん　一一七
干蛸は烏賊より愉快秋の風　一〇一
秋高し【あきたかし】（秋）
秋高し用もなけれど出て歩く　一〇三
秋の水【あきのみず】（秋）
木洩れ日を流してゐるや秋の水　八五
秋の夜【あきのよ】（秋）
夫あらば障子を隔て秋の夜　一〇二
秋深し【あきふかし】（秋）
秋深く吉野の花を思ふかな　一一六
道すがらのぞく花屋の秋深し　一一四
朝顔【あさがお】（秋）
朝顔の今朝は何色雨戸繰る　八一
暑し【あつし】（夏）
寒山が酢を舐めてゐる暑さかな　三九
京暑し大阪暑し姦しく　五一
穴子【あなご】（夏）
ぎつしりと穴子しきつめ穴子丼　一九
霰【あられ】（冬）
雨いつか霰となりし傘の音　一三三
淡雪【あわゆき】（春）
淡雪や名のみ残れる蜆川　一五九
亥の子【いのこ】（冬）
亥の子餅亥の子十頭寝てござる　一三〇
芋【いも】（秋）
芋粥や防空壕の子でありし　一一一
芋虫【いもむし】（秋）

芋虫の憤怒の心伸び縮み　八六
植田【うえた】（夏）
月明の早苗田を見に行きしまま　三五
鶯餅【うぐいすもち】（春）
きのふ来し目白に似たり鶯餅　一八一
埋火【うずみび】（冬）
埋火もいつしか灰に灰の中　一三四
独活【うど】（春）
山独活のうす紫をすいと剝く　一七八
梅【うめ】（春）
とぶやうに古希そして喜寿梅真白　一七一
麗か【うららか】（春）
うららかや騙されてゐる太郎冠者　一八〇
瓜揉【うりもみ】（夏）
瓜もんで独酌の味おぼえけり　六〇
落し文【おとしぶみ】（夏）
落し文みづみづしくてあはれなり　五八

か行

垣手入れ【かきていれ】（春）
若狭路は鹿や猪子や垣手入れ　一六二
鹿の子【かのこ】（夏）
日輪にまだ耐へられぬ鹿の子かな　一七
蕪蒸【かぶらむし】（冬）
ありあはすものをいろいろ蕪蒸　一三一
亀鳴く【かめなく】（春）
万年も生くるはいやと亀の鳴く　一七六
寒鰤【かんぶり】（冬）
人ならば壮年の色寒の鰤　一五一
祇園会【ぎおんえ】（夏）
祇園会の人を吐き出す電車かな　四三
君の家奥まで屏風祭かな　四四
けふかぎり今年かぎりと祇園会へ　四六
大丸で涼んでは又宵山へ　四二
月鉾に登ればはるか西東　四九

綱一本ゆるりと鉾は建ちあがる　四七
長刀鉾見えそめしよりはるけしや　四八
屏風祭閑の一字の軸を前　四五
鉾通るまこと金剛大車輪　五〇
鉾の人浴衣短く頼もしく　四一

菊【きく】（秋）
よろこびの菊の莟をけふの菓子　一〇九

菊日和【きくびより】（秋）
隣にも孫来たるらし菊日和　一〇四

桐の実【きりのみ】（秋）
桐の実の散らばるテニスコートかな　一一五

金魚玉【きんぎょだま】（夏）
目を開けてなにも見てゐず金魚玉　六二

草の芽【くさのめ】（春）
草の芽のひとつひとつに名を問はな　一七二

草紅葉【くさもみじ】（秋）
草紅葉ちんぐるまよりはじまりぬ　八三

栗【くり】（秋）
毬割つて勝気な栗の子が三つ　一〇八

凩【こがらし】（冬）
木枯はビルの八衢さまよへる　一二八

木下闇【こしたやみ】（夏）
何鳥か縦横無尽木下闇　二九

コスモス【こすもす】（秋）
コスモスの畑となりぬ田一枚　九八

去年今年【こぞことし】（新年）
十七字一字決めかね去年今年　一四〇

独楽【こま】（新年）
地球から飛び出さんと喧嘩独楽　一四七

更衣【ころもがえ】（夏）
手も足も姉より長し更衣　二六

さ行

西鶴忌【さいかくき】（秋）
大阪のあくに馴染まず西鶴忌　八二

囀り【さえずり】（春）

囀やこの家を留守と思ふらし　一八六
早乙女【さおとめ】（夏）
玉苗を投げて早乙女次の田へ　三二
桜【さくら】（春）
桜菓子花の木型をこぼれけり　一八二
さくらんぼ【さくらんぼ】（夏）
さくらんぼ洗ひて光新しく　九
皐月【さつき】（夏）
大垣や川の濁りも早苗月　二二
爽やか【さわやか】（秋）
爽やかに老いんとはゆめ思ふまじ　九七
残暑【ざんしょ】（秋）
炒り豆のごとく秋暑の京をゆく　七二
三伏【さんぷく】（夏）
三伏や秋を売りゐる百貨店　六四
秋刀魚【さんま】（秋）
青々の秋刀魚一本鮨にせん　八八
蜆【しじみ】（春）
日もすがら夫婦二人の蜆舟　一六三
滴り【したたり】（夏）
滴りのひとつふたつと島生る　六七
正倉院曝涼【しょうそういんばくりょう】（秋）
正倉院御物曝涼椰子の実も　一〇六
ショール【しょーる】（冬）
受けとりて花の軽さのショールかな　一五七
白魚【しらうお】（春）
透明な水を掬へば白魚かな　一七九
代掻く【しろかく】（夏）
苦しさに田水を舐むる田掻牛　三三
新茶【しんちゃ】（夏）
ゆつくりのひと雫待つ新茶かな　一一
新海苔【しんのり】（冬）
新海苔や炙ればそこら荒磯の香　一二七
新緑【しんりょく】（夏）
新緑やここにいのちの日和山　一二
酸葉【すいば】（春）

すかんぽでぽんと叩いて一目散　一七四
睡蓮【すいれん】（夏）
眠るため花びらたたみ未草　二八
杉の花【すぎのはな】（春）
伊勢詣杉の花粉のただ中へ　一八九
すき焼【すきやき】（冬）
鋤焼や乏しき時もそれなりに　一二六
冷まじ【すさまじ】（秋）
冷まじや仏像のまま炭となる　一一三
鱸【すずき】（秋）
焦げ色のにじむ奉書の鱸かな　九九
涼し【すずし】（夏）
廻廊の下を涼しく魚走る　六一
涼しさは市中に結ぶ庵かな　三六
住吉の御田植【すみよしのおたうえ】（夏）
神牛の機嫌うるはし御田祭　三一
セーター【せーたー】（冬）
セーターが兎のように跳ねていく　一三七
薇【ぜんまい】（春）
道に売るぜんまいもやや闌けにけり　二〇三

た行

大根【だいこん】（冬）
如何せん大根一本俎に　一二五
大文字【だいもんじ】（秋）
あかあかとかくも全し大文字　七六
この空に大文字のほか無かりけり　七七
大文字はるかに火入れ待つ心　七五
田植【たうえ】（夏）
住吉の松の木漏れ日田植唄　三四
玉葱【たまねぎ】（夏）
葉を枯らしつつ玉葱の太りゆく　二一
月【つき】（秋）
月の膳名もありがたき弘法芋　九五
ハワイよりとび入り月の句座今宵　九六
露【つゆ】（秋）

叩かれて地蔵となりぬ露の石　七八
吊し柿【つるしがき】（秋）
マンションの窓にも懸けよ柿すだれ　一〇五
手袋【てぶくろ】（冬）
手の形のまま手袋の忘れあり　一二九
唐辛子【とうがらし】（秋）
籠に摘んで花のごとしや鷹の爪　八四
蟷螂枯る【とうろうかる】（秋）
枯蟷螂しばしこの世の日溜に　一一八
十日戎【とおかえびす】（新年）
巫女の鈴残りの福に惜しみなく　一四九
山と積む笹福笹となりゆくも　一五〇
飛魚【とびうお】（夏）
泳ぐにも倦きて飛魚飛びにけん　五三
鶏合【とりあわせ】（春）
己が子の如く抱きて鶏合　一七三
鳥交る【とりさかる】（春）
風祀る森の木洩れ日鳥の恋　一九〇

な行

夏の雲【なつのくも】（夏）
夏雲のやうなタオルに身を包む　五二
夏の月【なつのつき】（夏）
舁にも風姿ありけり夏の月　三〇
夏蒲団【なつぶとん】（夏）
夏掛を押へて骨にさはりけり　二七
七種【ななくさ】（新年）
まつしろなすずなすずしろ湯気の中　一四八
煮凝【にこごり】（冬）
煮凝や早々と消す厨の灯　一三二
蜷【にな】（春）
蜷の道ふいに途切れてしまひけり　一八三
猫の子【ねこのこ】（春）
生まれきて仔猫の耳は花びらか　一七七
年賀【ねんが】（新年）
昨日あひ今日あらたまの賀状かな　一四五

は行

萩【はぎ】（秋）
見てゆけと通りすがりの坊の萩　九三
箱庭【はこにわ】（夏）
箱庭の中の二人よいつまでも　五五
初鰹【はつがつお】（夏）
明日死ぬも百年生くるも初鰹　一五
初鰹銀の光を包丁す　一四
初句会【はつくかい】（新年）
淀川の水きらきらと初句会　一四六
八朔【はっさく】（秋）
八朔や翁をしのぶ茄子小茄子　八七
花【はな】（春）
たまゆらの湯をつかふ音花の宿　二〇二
どこまでも行けるつもりの花の杖　一九八
どの山に忘れて来しか花の杖　二〇五
のびてひとすぢ雲の彼方へ花の尾根　二〇四
花照るや吉野の紙を並べ干す　二〇〇
見上げて花見下ろして花吉野建　二〇一
吉水院後ろは花の奈落かな　一九七
花曇【はなぐもり】（春）
花曇青光りして大蚯蚓　一九五
花衣【はなごろも】（春）
あすのため衣桁にゆるる花衣　一八五
花の塵【はなのちり】（春）
丈草が捨てし故郷花の塵　一九二
花火【はなび】（秋）
花火台浮かべて今朝は湖静か　八〇
花冷え【はなびえ】（春）
鉄瓶の音からからと花冷ゆる　一九六
花吹雪【はなふぶき】（春）
南朝の荒御魂とや花吹雪　一九九
母の日【ははのひ】（夏）
母の日や大福餅のやうに母　一〇
春【はる】（春）

木曽川をお堀としたり城の春　一九一
春キャベツがばりがばりとはがしける　一八八
春着【はるぎ】（新年）
一棹の羊羹重き春着かな　一五三
春田【はるた】（春）
みちのくの春田かすめて着陸す　一八四
春の風邪【はるのかぜ】（春）
出たくなき会一つあり春の風邪　一七五
春の雲【はるのくも】（春）
春の雲かきまはしつつ龍誕生　一六〇
春の雪【はるのゆき】（春）
椿の葉一枚ごとの春の雪　一五八
春帽子【はるぼうし】（春）
旅立ちや君が選びし春帽子　一六五
春待つ【はるまつ】（冬）
春待つや花見小路は五色豆　一五二
膝掛【ひざかけ】（冬）
膝掛や椅子にそのまま幾年月　一三九
雛あられ【ひなあられ】（春）
雛あられ桃の莟も打ちまじり　一六七
雛祭【ひなまつり】（春）
雛二つ冷たき水を滑りゆく　一六八
冷し瓜【ひやしうり】（夏）
この辺り三成びいき冷し瓜　二三
冷し酒【ひやしざけ】（夏）
はるかなる雨の匂ひや冷し酒　二五
昼寝【ひるね】（夏）
風の道眼鏡かけたるまま昼寝　五六
考へてゐしがそのまま昼寝かな　四〇
鼻先の眼鏡あやふき昼寝かな　五七
風蘭【ふうらん】（夏）
風蘭の蕾数へてから夕餉　五九
風鈴【ふうりん】（夏）
南部風鈴氷の音のひびきけり　一三
風鈴や誰か訪ねてきたやうな　二四
蕗の薹【ふきのとう】（春）

蕗の薹松ぼつくりを押し上げん　一六一
葡萄【ぶどう】（秋）
緑の葡萄笛吹川より届きけり　一〇〇
太箸【ふとばし】（新年）
したためて十人の名や祝箸　一四四
冬【ふゆ】（冬）
川はいま冬の閑けさ鮎の菓子　一三五
冬枯【ふゆがれ】（冬）
美しく枯れし藜は誰が杖に　一三六
蓮池のかすかな音も枯れつくす　一三八
蛇【へび】（夏）
驚いて棒となりけり青大将　二〇
朴の花【ほおのはな】（夏）
倶利伽羅の谷を覗けば朴の花　六六

ま行

松茸飯【まつたけめし】（秋）
大家族たりし日のこと茸飯　一一二
豆の花【まめのはな】（春）
豆の花時計に音のありしころ　一八七
蜜柑【みかん】（冬）
蜜柑剝くごとりと列車動き出づ　一一九
水羊羹【みずようかん】（夏）
八坂さん路地を入れば水羊羹　六三
茗荷の子【みょうがのこ】（夏）
くすぐつて起こしてみたし茗荷の子　五四
虫干【むしぼし】（夏）
菩提樹の大きな木陰お風入　六五
名月【めいげつ】（秋）
名月や水甕にして米どころ　九四
目高【めだか】（夏）
鯉の口に呑まれぬやうに目高の子　一六
ものの芽【もののめ】（春）
ものの芽がものの萼となるところ　一六六

や行

山眠る【やまねむる】（冬）
葛菓子は花のかたちや山眠る　一二三
雪兎【ゆきうさぎ】（冬）
雪うさぎ朝の光を縦横に　一四三
夜寒【よさむ】（秋）
見送りて独りの門の夜寒かな　一〇七
寄鍋【よせなべ】（冬）
寄鍋や紀州こんなに寒いとは　一二四
夜長【よなが】（秋）
長き夜の書かねばならぬ手紙あり　八九

ら行

落花【らっか】（春）
花びらや今日獲れしもの今日の膳　一六四
六道参【ろくどうまいり】（秋）
車椅子誰を迎へに迎鐘　七四
はよ撞けと待ちてをるらん迎鐘　七三

わ行

若葉【わかば】（夏）
花よりも若葉はなやか馬酔木かな　一八

初句索引

き
祇園会の　四三
木曽川を　一九一
ぎつしりと　一九
昨日あひ　一四五
きのふ来し　一八一
君の家　四四
京暑し　五一
けふかぎり　四六
桐の実の　一一五

く
草の芽の　一七二
草紅葉　八三
葛菓子は　一二三
くすぐつて　五四
倶利伽羅の　六六
苦しさに　三三

車椅子　七四

け
月明の　三五

こ
鯉の口に　一六
木枯は　一二八
焦げ色の　九九
コスモスの　九八
この辺り　二三
この空に　七七
木洩れ日を　八五

さ
囀や　一八六
桜菓子　一八二
さくらんぼ　九
さびしさに　一一〇

爽やかに　九七
三伏や　六四

し
蜆飯　七九
したためて　一四四
滴りの　六七
十七字　一四〇
正倉院　一〇六
丈草が　一九二
新海苔や　一二七
新緑や　一二

す
すかんぽで　一七四
鋤焼や　一二六
冷まじや　一一三
涼しさは　三六
住吉の　三四

は

箱庭の　五五
蓮池の　一三八
初鰹　一一四
八朔や　八七
花曇　一九五
鼻先の　五七
花照るや　二〇〇
花火台　八〇
花びらや　一六四
花よりも　一八
母の日や　一〇
はよ撞けと　七三
はるかなる　二五
春キャベツ　一八八
春の雲　一六〇
春待つや　一五二
ハワイより　九六
葉を枯らし　二一

ひ

膝掛や　一三九
一棹の　一五三
人ならば　一五一
雛あられ　一六七
雛二つ　一六八
日もすがら　一六三
屏風祭　四五

ふ

風蘭の　五九
風鈴や　二四
蕗の薹　一六一

ほ

鉾通る　五〇
鉾の人　四一
干蛸は　一〇一
菩提樹の　六五

ま

まつしろな　一四八
豆の花　一八七
マンションの　一〇五
万年も　一七六

み

見上げて花　二〇一
見送りて　一〇七
蜜柑剝く　一一九
巫女の鈴　一四九
道すがら　一一四
道に売る　二〇三
みちのくの　一八四
見てゆけと　九三
緑の葡萄　一〇〇

著者略歴

澤田 美那子（さわだ　みなこ）

1936年　蘭領東インドスマトラ生まれ
2005年　「古志」入会

句集　さくらんぼ

古志叢書第五十四篇

初版発行日　二〇一八年三月六日
著　者　澤田美那子
枚方市香里園山之手町一四−一（〒五七三−〇〇八七）
定　価　二二〇〇円
発行者　永田　淳
発行所　青磁社
京都市北区上賀茂豊田町四〇−一（〒六〇三−八〇四五）
電話　〇七五−七〇五−二八三八
振替　〇〇九四〇−二−一二四二二四
http://www3.osk.3web.ne.jp/~seijisya/
装　幀　上野かおる
印刷・製本　創栄図書印刷

ISBN978-4-86198-401-3 C0092 ¥2200E